Das didaktische Konzept zu Sonne, Mond und Sterne
wurde mit Prof. Dr. Manfred Wespel, Pädagogische Hochschule
Schwäbisch Gmünd, entwickelt.

Beim Druck dieses Produkts wurde durch den innovativen Einsatz der Kraft-Wärme-Kopplung im Vergleich zum herkömmlichen Energieeinsatz bis zu 52% weniger $CO_2$ emittiert.
Dr. Schorb, ifeu.Institut

MIX
Papier aus verantwortungsvollen Quellen
FSC® C011124

© Verlag Friedrich Oetinger GmbH, Hamburg 2011
Alle Rechte vorbehalten
Titelbild und farbige Illustrationen von Erhard Dietl
Reproduktion: Igoma GmbH, Hamburg
Druck und Bindung: Mohn media · Mohndruck GmbH, Gütersloh
Printed 2011
ISBN 978-3-7891-1184-6

www.olchis.de
www.oetinger.de

Erhard Dietl

# Das Olchi-ABC

Verlag Friedrich Oetinger · Hamburg

Im **A**bfall liegt ein alter Hut,
er steht der Olchi-Mama gut.

Beim **B**aden in dem alten Fass
wird Olchi-Opa scheußlich nass.

**C**omputer schmecken wirklich fein.
Kann das Leben schöner sein?

Der Olchi-Drache dröhnt und knattert,
dem Olchi-Kind die Hose flattert.

Feuchte Erde aus der Dose
gibt gute Olchi-Schmuddel-Soße.

Die kleine Olchi-Fledermaus
heißt Flutschi und sieht krötig aus.

Die Gräten sind vom Stinkerfisch
und duften auf dem Olchi-Tisch.

Der Duft von Olchi-Papas **H**ose
ist weit entfernt von dem der Rose.

Die Olchis bauen mit viel Gegröle
eine Iglu-Olchi-Höhle.

Olchi-Opas alte Jacke
ist voll mit gelber Fliegen-Kacke.

Die Kröten sitzen dumm herum
und machen keinen Finger krumm.

Die Olchis grölen ihre Lieder
gerne laut und immer wieder.

Auch Olchi-Babys starker Magen kann jede Menge Müll vertragen.

 T
 Sch

 B

 H

 S

 O
 P
 M

Die Olchis riechen mit der Nase
schrecklich gerne Auspuff-Gase.

Olchi-Oma hält, oje,
frische Socken in den Tee!

Ein winzig kleiner, roter Floh
sitzt auf Olchi-Papas Po.

Aus dem alten Ofenrohr
kommt olchig-schöner **Q**ualm hervor.

Ein Olchi-Kind darf sich bei Regen
in die Schmuddel-Pfützen legen.

Die Ratten flüchten vor der Sonne
in die feuchte Regentonne.

Olchi-Opa fehlen die Worte:
Oma bringt Rasierschaum-Torte!

Wenn die Olchis **U**rlaub machen,
verreisen sie mit ihrem Drachen.

In einer kleinen Blumen-Vase
steckt Olchi-Babys Knubbelnase.

Weil Olchis große Stinker sind,
weht hier ein müffeliger Wind.

Olchi-Papas Xylofon
macht so manchen schrägen Ton.

Das Olchi-Kind isst ganz alleine
zwölf gebratene Ziegelsteine.

Und nach dem Olchi-ABC
gibt es feinen Schmuddel-Tee.

Mückenfurz und Rattenlaus,
das Rezept denkst DU dir aus!

Finde auf den folgenden Seiten zu jedem Bild den passenden Anfangs-Buchstaben.

B T K D

F L K T

T B K R

T  G  H  Au  O

L U T M

 S K B P

 K D S B

 T S K P

 K E T B

 H R D L

 L S R A

Welches Bild findest du auch im Olchi-ABC?

www.LunaLeseprofi.de

Hallo!
Ich bin Luna Leseprofi.
Ich fliege durch das All.
Und ich bin ein echter Leseprofi.
Möchtest du mit mir lesen lernen?

Dann beantworte die 5 Fragen.
Löse jetzt das Rätsel und komm mit
in meine Lese-Welt im Internet.
Dort gibt es noch mehr
spannende Spiele und Rätsel!

## Leserätsel

### 1. Was liegt im Abfall?

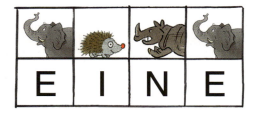

## 2. Womit werfen Olchis?

## 3. Sind Olchis groß oder klein?

## 4. Wer stinkt?

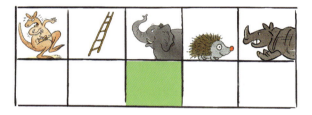

## 5. Olchis können viel heben und tragen. Sie sind …

Lösung: __ __ __ __ __

Hast du das Rätsel gelöst? Dann gib das Lösungswort unter www.LunaLeseprofi.de ein. Hole deine Familie, deine Freunde und Lehrer dazu. Du kannst dann noch mehr Spiele machen. Viel Spaß! Deine Luna

# Sonne, Mond und Sterne

**1. Klasse**

## Lesen macht Spaß!

 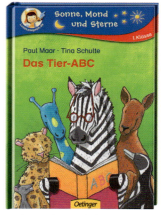

Erhard Dietl
**Sonne, Mond und Sterne – 1. Klasse
Die stärksten Olchis der Welt**
ISBN 978-3-7891-1194-5

Die Olchis lieben Stinker-Brühe und Fischgräten – das ist so lecker! Doch wo ist der köstliche Gräten-Nachtisch geblieben?

Paul Maar/Tina Schulte
**Sonne, Mond und Sterne – 1. Klasse
Das Tier-ABC**
ISBN 978-3-7891-1197-6

Von A wie Auerhuhn bis Z wie Zebra: 26 lustige Tierreime, zu jedem Buchstaben des Alphabets einer. Mit Suchspiel und Rätsel.

*Mit Lesespielen im Internet. Lesepatenmodell für Lehrer und Eltern.*
*www.LunaLeseprofi.de und www.oetinger.de*

# Sonne, Mond und Sterne

**1. Klasse**

## So spannend ist es in der Schule!

Antonia Michaelis/Betina Gotzen-Beek
**Sonne, Mond und Sterne – 1. Klasse
Max und das Murks**
ISBN 978-3-7891-0661-3

Sabine Neuffer/Betina Gotzen-Beek
**Sonne, Mond und Sterne – 1. Klasse
Lukas und Felix werden Freunde**
ISBN 978-3-7891-1193-8

Alles Murks! Max mag seine Tonfigur nicht leiden. Doch da wird die Murks-Figur lebendig! Jetzt ist es lustig in der Schule.

Felix ist neu in der Klasse. Als er sieht, wie die anderen Lukas ärgern, nimmt er all seinen Mut zusammen und verteidigt ihn.

*Mit Lesespielen im Internet. Lesepatenmodell für Lehrer und Eltern.
www.LunaLeseprofi.de und www.oetinger.de*

# Sonne, Mond und Sterne

**1. Klasse**

## Abenteuer für mutige Schulkinder

Dagmar Geisler
**Sonne, Mond und Sterne – 1. Klasse
Gespenster gehen auch zur Schule**
ISBN 978-3-7891-1196-9

Gespenster lernen andere Dinge in der Schule als Menschen. Wie macht man sich unsichtbar oder rasselt unheimlich mit Ketten?

Antonia Michaelis / Catharina Westphal
**Sonne, Mond und Sterne – 1. Klasse
Papa, ich und die Piraten-Bande**
ISBN 978-3-7891-1219-5

Piraten im Wohnzimmer! Johan traut seinen Augen nicht. Papa steht gefesselt an der Stehlampe. Wie kann Jonas ihn retten?

*Mit Lesespielen im Internet. Lesepatenmodell für Lehrer und Eltern.*
**www.LunaLeseprofi.de** *und* **www.oetinger.de**

NOPQRST